Loriana Lucciarini

Cicatrici

**Monologhi & Poesie
sulla violenza di genere**

Cicatrici - Monologhi & Poesie sulla violenza di genere

Nuova edizione ©2024 Loriana Lucciarini

L'opera è protetta dalla legge sul diritto d'autore. È vietata ogni duplicazione, anche parziale, non autorizzata; tuttavia, per eventuali rappresentazioni teatrali, contattare l'Autrice: lorianalucciarini11@gmail.com

Immagine di copertina su licenza Canva

Codice ISBN: 9798853778054

Indice

PREFAZIONE
A cura di Mirella Berardino 7

MONOLOGHI
Una carezza rosso sangue 13
Sbocceranno i fiori a primavera 21
Una storia di mare e di nuovo orizzonte 41
Nessuna è sola! 51

POESIE
Per ognuna di noi 69
Donne in cammino 70
La strada per la salvezza 72
Sorellanza come forza 73

L'AUTRICE 75

*All'universo femminile,
che, fin troppo spesso,
si trova a dover vivere
come se fosse in trincea.*

LORIANA LUCCIARINI

Prefazione

Loriana Lucciarini è una scrittrice nel cui modo di scrivere coabitano con uguale dignità diversi generi letterari, dal racconto al romanzo. Ultimamente ho avuto il grande piacere di imbattermi nei suoi monologhi teatrali.

La scrittura teatrale è una scrittura che, per sua natura, deve svilupparsi per immagini proprio perché l'immaginazione è l'essenza del teatro. Ce lo racconta in maniera efficace quel geniaccio di Shakespeare che fa dire al coro, nel prologo dell'Enrico V e prima della famosa battaglia di Agincourt, poche parole che, tuttavia, portano dritte al punto:

Possiam stipare a forza
in questo "O" di legno *anche solo i cimieri*
che ad Agincourt fecer tremare il cielo?
Ah, perdonateci! perché uno sgorbio da nulla
può, nel suo piccolo, rappresentare un milione.
Lasciate dunque a noi, gli zeri di sì gran rendiconto,
di fare appello alle forze dell'immaginazione.
Immaginate *che entro la cinta di questi muri*
sian confinati due possenti reami
che si confrontan dall'alto dei loro orgogliosi confini,

divisi solo da un periglioso braccio di mare.
Supplite voi, **col vostro pensiero,** *alle nostre carenze:*
dividete ogni singolo uomo in mille unità, così creando armate immaginarie.
Pensate, se vi parliam di cavalli, di vederli voi stessi
calcare i lor fieri zoccoli nella terra amica;
è alla vostra mente che spetta ora equipaggiare i sovrani
e condurli per ogni dove, bruciando i tempi
e condensando gli eventi di molti anni
in un voltar di clessidra.

Shakespeare dice, dunque: in questa piccola "O" di legno (non dimentichiamo che all'epoca i teatri erano di legno e in Inghilterra erano circolari, perché ricalcavano i cortili delle locande), stipate voi con la vostra immaginazione armate immaginarie, dietro un singolo uomo vedeteci addirittura un intero drappello... questo per dimostrare che, già dai tempi di Shakespeare, il teatro è un'arte dove l'immaginazione è una sorta di convitato di pietra.

Ed ecco che andiamo ai monologhi scritti da Loriana Lucciarini, la cui bellezza sta proprio in questo: con una scrittura che procede per immagini. Sin dalle prime parole, infatti, le donne di Loriana si materializzano dal buio del fondale per venire incontro e portarci per mano nelle loro menti e nelle loro vite. Non è difficile allora immaginare le botte, gli scatti d'ira, la paura, il dolore sul volto della donna che ci sta parlando: vediamo l'erba di periferia che cerca di assorbire il dolore di un corpo tumefatto per tentare di alleviarlo e di fare in modo che la morte sia il più possibile dignitosa; vediamo l'accappatoio messo ad asciugare sul termosifone nell'attimo che ci fa realizzare che lo dobbiamo prendere prima di *lui*. Oppure immaginiamo il mare, la felicità di chi ce l'ha fatta. Le immagini escono dalla penna dell'Autrice e noi ci sentiamo coinvolti in sentimenti di sorellanza di amore e dolore.

In questo senso la scrittura di Loriana è già teatrale alla lettura, prima ancora di andare sul palco e, proprio per questa sua caratteristica diventa un copione che parla a tutti.
Alle prigioniere, perché è un inno alla speranza che non si spegne, alla resistenza e alla sopravvivenza.
Parla alle sorelle, perché non sottovalutino segnali che si possono scorgere.
Parla alle madri, perché educhino i loro figli nel segno del rispetto e dell'amore.
Parla ai carcerieri, perché sviluppino una coscienza.
Parla agli uomini, perché aiutino gli amici in difficoltà o che si sono persi.
Parla alla politica, perché si impegni nel cercare di mantenere i diritti conquistati che non è detto

che siano eterni o, peggio, scontati ma che, mai come in questi tempi, si possono perdere in un battito di ciglia. Perché il revisionismo si attacca alle parti più deboli. Perché, nonostante la parità venga tanto sbandierata a parole, ci troviamo a contare quante sono dall'inizio dell'anno le morti per femminicidio, trasformando la tragedia in un grafico asettico.

Ed è su questo grafico, in cui si rischia di codificare il dolore, che la forza prorompente dei monologhi di questo libro diventa un grande messaggio di solidarietà che invita a rimanere umani.

Mirella Berardino
Attrice, scrittrice
e docente di teatro

Monologhi

Una carezza rosso sangue

[femminicidio]

★ *Il testo, nella versione originale ha partecipato all'omonimo contest datato 2014. Nello stesso anno è stato selezionato per la pubblicazione nell'antologia «Scrivendo racconto», a cura di Historica edizioni. La successiva rielaborazione ha visto l'inserimento nell'antologia dal titolo «Mille voci contro la violenza» (Babilonia edizioni, 2017).*

SCENA UNICA

[Monologo, un'attrice in scena]

LEI: Il cielo è azzurro, luminoso, con poche nuvole. Le guardo e subito mi viene la voglia di far quel gioco di quando ero bambina, immaginare forme e dar vita al personaggio celato in quella nuvola.
Ma non è il momento di giocare, ho poco tempo e cose più importanti da fare, adesso.
Anzitutto ripercorrere la mia vita e cercare di trovare un perché al fatto di trovarmi qui, in agonia, su questo prato di periferia, vicina eppur lontana da tutto...

(Pausa)

LEI: So che non è stata colpa mia se lui si è

infuriato, lo fa sempre e per mille motivi, l'esito poi è sempre quello: mi picchia. Questa volta però è stato diverso, si è fatto più violento e cattivo. Non so perché, ma in fondo me lo sentivo. Sapevo che sarebbe successo, in questi ultimi tempi poi era diventato più aggressivo, più nervoso. Eppure, anche se spaventata, non gli ho dato peso, "sarà un momento, passerà". L'unica colpa è l'aver sottovalutato la sua rabbia e non aver pensato a difendermi.

(Flash-back: LEI a questo punto ricorda. Spot sull'attrice, buio intorno)

LEI: Prendere botte ormai per me era una brutta abitudine, così come mentire a chi mi faceva domande su quel livido lì o su l'altro là.
Nascondere mi aiutava a far finta di

niente. Come se, fingendo che non accadesse davvero a me, il dolore potesse fare meno male.

(Pausa)

LEI: Avevo provato a cambiarlo, ora so che le persone non cambiano mai, soprattutto lui.
Soprattutto perché chi avrebbe dovuto cambiare, davvero, ero solo io.
Io, che subivo, che ero vittima.
Io, che non mi sono mai ribellata.
Io, che mi illudevo di riuscire a far andare le cose in modo diverso.
Io, che non ho chiesto aiuto.
Io, che ho protetto e nascosto il mostro che lui era, quel mostro che mi ha divorata...

(Il flash-back finisce. Si torna al presente)

LEI: E ora sono qui, tra fili d'erba e cielo azzurro, a sentire il mio respiro rantolare e a tentare di raccogliere gli ultimi attimi di vita, la mia, per non sprecarli, almeno questi.

(Pausa)

LEI: Il cielo è luminoso e chiaro…
Avrei voluto una giornata spensierata di sole, in questo maggio caldo di primavera. Avrei voluto un po' d'amore e, invece, l'unica cosa che ho trovato è stato un amore che amore non era, ma che, in nome dell'amore, mi ha portato via.

(Pausa)

LEI: Il cielo è riflesso nei miei occhi.
Avrei voluto portami via un po' di questo

azzurro cielo...

Invece l'unico colore che la vita mi ha concesso è il rosso.

Rosso come la violenza.

Rosso come il dolore.

Rosso come il mio sangue, che ora si confonde con il verde del prato, fino a perdere luce e diventare solo buio di morte.

(Silenzio. Buio. Sipario)

Sbocceranno i fiori a primavera

[violenza domestica]

⭐ *Questo testo, pubblicato in forma di racconto, è inserito nell'antologia «Carezze di fuoco» realizzata dal Csu-Collettivo Scrittori Uniti in collaborazione con l'Associazione Stella&Aratro per supportare il centro antiviolenza BeFree (2022). Nello stesso anno ha ottenuto il Primo Premio nella sezione narrativa nel concorso «La grammatica delle parole» organizzato dal network I Borghi della Lettura, oltre all'ulteriore riconoscimento quale Miglior racconto nel contest Csu.*

SCENA UNICA

[Atto unico con due personaggi]

(La scena si svolge con attrice in scena, ELLA, e Voce fuori campo, che rappresenta il flusso di coscienza, abbreviata come VFC.

Ambientazione scenografica: esterno notte, strada, un semaforo, un negozio, una vetrina. L'attrice è vestita con giacca e sciarpa.

Le situazioni si alternano, tra la scena del presente – la donna che è in attesa di attraversare il semaforo e si specchia nella vetrina – e la giovane se stessa con i ricordi del passato.

Per staccare tra le situazioni l'uso delle luci è fondamentale: nei flash-back l'attrice avrà lo spot su di sé, nel presente invece la scena sarà illuminata in modo omogeneo.

L'attrice supporta ed enfatizza il racconto del narratore, muovendosi in scena.)

VFC: Mi fermo in attesa del semaforo e sistemo la sciarpa al collo. L'aria tagliente annuncia neve. I fari di un'auto contro la vetrina del negozio al lato catturano il mio sguardo.
In quell'attimo il vetro riflette un'immagine che stento a riconoscere e che sembra non raccontare nulla di me. La donna dall'incarnato scarno, che mi guarda attraverso lo specchio, sono io? Forse.

(L'attrice si guarda riflessa alla vetrina)

VFC: In realtà, quella è l'altra me.
Una me che non avrei mai immaginato di diventare, una donna dall'esistenza impalpabile, evanescente come il fumo al vento, fatta di carta velina e da cui essenza è scappata via attraverso le crepe di un'anima spezzata, annullata

dal potere subdolo dei sogni, che prima riempiono la vita di colori e poi li portano via.

(Spot sull'attrice: Ella giovane parla e ricorda)

ELLA: Marco mi ha corteggiata con bigliettini, fiori e piccole sorprese e in pochi giorni io sono già cotta di lui.
Marco è bello, è simpatico, ha il fisico palestrato e lavora come meccanico in una officina. Ci siamo messi insieme un pomeriggio d'autunno, con attorno a noi il turbinio delle foglie portate dal vento gentile di fine ottobre.
Lui mi ha preso per mano e mi ha stretta a sé. Io ho chiuso gli occhi e ho atteso che mi baciasse.
«Sei la mia stella speciale» mi ha mormorato, prima di salutarci.
Quanta felicità regala l'amore?

(Illuminazione omogenea della scena)

VFC: Sono una donna senza più colori? Forse. Di certo la vita mi ha scippato la gioia di credere a un futuro fatto di possibilità.

Ho malinconia per quei sogni svaniti, erano le mie ali per volare. E, anche se sono stati la mia condanna, provo nostalgia della fiducia in cui mi affidavo a essi. Un sentimento che non sarò capace di replicare mai più.

(Spot sull'attrice)

ELLA: Dalle finestre aperte la musica si fa strada lungo il corridoio. Curiosa mi affaccio e Marco è in strada, assieme ad alcuni musicisti.

Mi ha organizzato la tipica serenata romana della sera prima del matrimonio, che sorpresa!

Rimango sul balcone e mi godo lo spettacolo con gli occhi dell'intero vicinato puntati addosso.

Lui, un piano sotto, ha lo sguardo rivolto in alto e tiene in mano la rosa che gli ho appena lanciato, il mio pegno d'amore.

«Scendi» mi invita, con un plateale gesto della mano. La gente applaude.

«Non puoi vedere lo sposo prima del matrimonio!» mi blocca mia madre.

«Che idiozia» la contraddico, stizzita. La scaramanzia non mi fermerà!

Apro la porta per raggiungerlo ma lui è già sul pianerottolo. Mi afferra per un braccio: «Muoviti» La sua stretta è forte.

(Pausa)

ELLA: Lo fisso in un muto rimprovero, sono

confusa e spaventata.

«Ti sono dovuto venire a prendere io! Mi avresti lasciato in strada quando tutti mi guardavano?»

«Mi hai fatto male» mi libero dalla presa, i segni della sua stretta sono già evidenti sulla mia pelle chiara.

«Non fare l'esagerata» Marco ride e si stringe nelle spalle.

«Io non riesco a stare lontano da te, amore mio, mi manchi come l'aria...» si scusa e cerca le mie labbra.

Io capitolo sotto i suoi baci umidi e pastosi. "Già, in fondo, che sarà mai" mi dico, "Una cosa di poco conto, un'inezia, un brutto quarto d'ora da archiviare e dimenticare."

(Illuminazione omogenea della scena)

VFC: All'inizio sono piccole sottrazioni che

fanno compiere passi indietro. Poi, in modo subdolo, si trasformano in consuetudini.

L'errore è abbandonarsi a una felicità che si crede a portata di mano.

(Spot sull'attrice che torna indietro nel tempo a un altro fatto significativo)

ELLA: Ho lasciato l'Università, troppo distante, troppo impegnativa. Per un anno ci ho provato, facendo i salti mortali tra lezioni e spesa, per rientrare a casa in tempo all'ora di pranzo e far trovare a mio marito, che rientra sempre per mangiare, un piatto caldo.
I miei non l'hanno presa bene.
Marco, al contrario, mi ha capita e sostenuta.
«In Università nessuno si accorge di te e dei sacrifici che fai per tenere in piedi

tutto, studio, corso, casa, famiglia. I risultati non ti premiano. Stai sprecando tempo ed energie», mi ha detto.

Così, dopo l'ennesimo esame andato male ho mollato, trovando lavoro part-time in un call center vicino casa.

La paga è una miseria ma le tre ore passano veloci e neanche me ne accorgo, e l'orario ridotto si concilia con le mie esigenze familiari.

(Illuminazione omogenea della scena)

VFC: Sono le nostre azioni a portarci nel futuro. Dunque, quello che scegliamo può essere la nostra gioia o la nostra condanna.

E, anche far finta di niente, è una scelta.

(Spot sull'attrice)

ELLA: Ci tenevo alla cena di questa sera con i miei amici, Silvia e Fulvio. Ho passato ore ai fornelli. L'epilogo tuttavia è stato brutto e inaspettato.
Marco ha bevuto troppo e ha iniziato fare battute pesanti verso la mia amica. Ho tentato di ribattere in modo spiritoso, per stemperare la gravità delle sue parole, ma ho solo peggiorato la situazione. E, quando Fulvio lo ha invitato a controllarsi, mio marito si è infuriato e ha sbattuto i nostri ospiti fuori di casa.
Appena soli l'ho affrontato battagliera: «Ma sei impazzito?» gli ho detto.
«Erano solo battute, quante storie!» ha minimizzato.
«No, Marco, domani li chiami per scusarti», ho insistito.
A quel punto a lui è venuto lo sguardo appuntito e il sorriso dal suo viso è

sparito. Mi ha afferrata per le spalle strattonandomi con forza.

«Io non mi scuso con nessuno e tu non ti azzardare a farlo al posto mio!» La sua voce è distorta, impastata dall'alcool.

Le sue parole mi feriscono più della violenza del gesto.

(Illuminazione omogenea della scena)

VFC: Quella donna nel riflesso è una me sfinita.

Una donna con il presente fatto di crepe ed è da queste che filtra il percolato della disperazione.

(Spot sull'attrice)

ELLA: «Dove stavi?»

«Sono stato in giro.»

Dal tono di voce e dallo sguardo vacuo

capisco che è ubriaco, di nuovo.

Da quando è in cassa integrazione, Marco passa i pomeriggi al bar e cambia umore all'improvviso, non rientra a casa, sparisce per ore. A me sembra di vivere in un incubo, non sollecito discussioni, provo a disinnescare la sua rabbia, ad assecondarlo, sperando passi presto il momentaccio.

«Mi sono licenziato.»

La notizia è una doccia fredda. Il titolare, appena due giorni fa, gli aveva garantito che a breve i turni sarebbero ripresi a pieno regime.

«Perché lo hai fatto?» vorrei urlargli, invece chiedo: «Hai fame? C'è la cena in cucina.»

Marco si avvicina al tavolo apparecchiato, osserva il cibo ormai freddo e mi scocca un'occhiata livida: «Non mangio questa merda!» poi afferra il piatto e lo scaraventa a terra.

Ecco, accade di nuovo.

Mi vomita addosso frasi cattive.

Non reagisco e mi metto ai fornelli anche se mi tremano le mani. Preparo un'omelette in silenzio mentre lui continua a ripetere le sue accuse. Solo quando gli servo la cena si rilassa.

«Vedi? Devo sempre incazzarmi per farti fare le cose per bene» e con la mano mi fa una leggera carezza sul viso. Trattengo l'istinto di scappare, gli sorrido e, quando lui se ne va in bagno, io, di nuovo sola, riprendo finalmente a respirare.

(Illuminazione omogenea della scena)

VFC: Arrivare in fondo, raspare la residua disperazione, piangere le ultime lacrime, strapparsi di dosso quei "se" e quei "ma" che impediscono di guardare davvero in faccia la realtà. Ecco cosa si dovrebbe fare. O, almeno, avere la fortuna di comprendere tutto questo per tempo, così da potersi salvare.

(Spot sull'attrice)

ELLA: «Dov'è l'accappatoio?»
Dal bagno lo scroscio dell'acqua si è interrotto e la voce di Marco ha un'urgenza che mi allarma.
L'accappatoio è sul calorifero, l'ho messo ad asciugare dopo che l'acquazzone improvviso di oggi ha bagnato i panni stesi.
Corro a prenderlo ma lui mi anticipa.
Esce mezzo nudo e percorre la distanza che ci separa con i piedi ancora bagnati.
È furioso e io non riesco a fermarlo, né a proteggermi.

Il primo schiaffo vibra con violenza. Mi si scaglia addosso con rabbia, colpendomi più e più volte, finché non è soddisfatto e se ne va. Io, invece, resto a terra per ore senza riuscire a muovermi, annaspando per catturare granelli d'aria fatta di vetro e a sperare che il dolore passi in fretta.

(Illuminazione omogenea della scena)

VFC: «Che sarà mai, stai facendo una tragedia» mi diceva sempre.
Eppure nella tragedia, io, ci sono finita tutta intera.
Lui, il mio uomo, calata la maschera si è trasformato in un mostro.
Il dolore fisico infine passa, ma la pelle non dimentica e si porta addosso l'orrore della violenza.

(Spot sull'attrice)

ELLA: Mi immergo nella vasca piena fino all'orlo.

Nascosta in bagno, cerco di fermare i pensieri che, impazziti, mi danno la vertigine. Sono settimane che trascino la mia esistenza con uno sguardo stralunato, incapace di accettare questo show surreale in cui sono stata catapultata.

Chiudo le palpebre e annullo i pensieri.

L'acqua mi accoglie.

Il mio respiro si fa di carta velina, più leggero.

Chissà cosa si prova ad abbandonarsi per sempre a questa calma liquida, mi sorprendo a pensare.

Apro di nuovo gli occhi e, la superfice d'acqua è sempre lì, a far da barriera alla realtà.

Il calore sfuma in vapore lieve e tiene tutto a distanza, ma è solo una suggestiva illusione. E io? Voglio ancora crederci?
La risposta arriva improvvisa e, per la prima volta, scelgo di decidere.

(Illuminazione omogenea della scena)

VFC: Si dice che quando si rinasce il passato sembra essere quello di una vita fa.
È vero.

(Spot sull'attrice)

ELLA: Il mio passato non parla più di me: i ricordi, le immagini, arrivano ovattate, come sommerse da strati di tempo che le rendono distanti, scenari di un altrove in cui non mi muovo più. Sembra quello di un'altra esistenza.

Ho affrontato il baratro, quando il velo della finzione è crollato.

Liberarmi è stato complicato e non ho avuto sconti.

Non è stato facile ma l'ho lasciato, ho divorziato e sono tornata a stare dai miei.

(Ella guarda il suo riflesso nella vetrina)

ELLA: Adesso mi porto addosso con fierezza i segni della mia battaglia e la luce della rinascita e della rivincita che mi accende.

Sono una sopravvissuta all'orrore, al contrario di tante altre donne, come me, che invece un'occasione così non l'hanno avuta.

Adesso quando aggancio i miei occhi al mio doppio riflesso nello specchio, mi ritrovo.

Sì, sono io, colei che ha attraversato la tempesta. Colei che ha saputo perdersi, morire, rinascere.

Colei che adesso coltiva fiori: sbocceranno in primavera, e sarà come avere giorni di nuovo futuro, pieni di colori.

Finalmente colori, colori miei.

(Luce, colori. Musica. Sipario)

Una storia di mare
e di nuovo orizzonte

[oggettivazione del corpo femminile]

⭐ *Questo testo, pubblicato in forma di racconto, ha partecipato con il titolo «La storia di Eva» al concorso indetto nel 2020 da Cultura al Femminile dedicato a Pier Paolo Fadda ed è stato selezionato per la pubblicazione nell'antologia omonima, nello stesso anno. Ha, inoltre, visto la pubblicazione nella rivista «Nuove donne», curata da Alessandra Nitti e Fabiola Falcone, disponibile online sul Issuu.*

SCENA UNICA

[Atto unico con due personaggi]

(La scena si svolge con unica attrice in scena, EVA, e un Narratore-Voce fuori campo, VFC.
L'attrice è vestita da spiaggia: pareo, costume turchese, ciabattine, borsa azzurra di paglia, occhiali scuri, collanine e braccialetti etnici. L'attrice supporta ed enfatizza il racconto del narratore, muovendosi in scena.
Ambientazione scenografica: mare, spiaggia, ombrelloni, teli mare, flutti marini; rumore di risacca in sottofondo, ogni tanto un garrito di gabbiano)

VFC: Era una giornata perfetta di inizio estate. Eva arrivò in spiaggia che era ancora presto.

Aveva occhiali scuri e un braccialetto di

perline, una borsa azzurra di corda intrecciata e un costume turchese.

EVA: ...La bellezza è stata la mia rovina.

VFC: Aveva aspettato che l'acqua diventasse calda, nel frattempo aveva letto un po'.
La riva portava i mormorii del mare, Eva stette in silenzio ad ascoltare.
Quella voce si mischiò ai suoi pensieri, non riusciva a scacciarli via, per quanto provasse.

EVA: ...La mia rovina è stata la fame.

VFC: Il sole si installò alto nel cielo. Eva mise la crema e si sdraiò.
Il calore accarezzava piano le sue ferite, fu medicamento, unguento, cura.

EVA: ...La fame ha fatto sì che la mia famiglia

abbia scelto di liberarsi di me, per non dover avere una bocca in più da sfamare.

(Pausa)

EVA: Ho avuto uomini che pagavano per venirmi dentro. Ho avuto respiri addosso che sembravano dannata pestilenza. Ho avuto botte e notti di pianto e un futuro che non c'era più. Finché non sono fuggita, scappata altrove...

VFC: Eva mise i piedi in acqua. Era tiepida, trasparente, vedeva il fondale fatto di sabbia chiara e granelli fini. Trattenne il fiato quando l'onda arrivò. Sorrise, circondata da schizzi bianchi di spuma.

EVA: Sono al sicuro, adesso. Nessuno mi farà

più male.

VFC: Eva rivolse lo sguardo a riva. Gli ombrelloni colorati, come piccoli fari, fecero da punti fermi attraverso la calura.

EVA: Non mi troveranno in terra straniera, in questo paese affacciato sul mare.

VFC: Alzò lo sguardo e gettò gli occhi verso il cielo. Le poche nuvole sembravano fatte di zucchero filato e questo le ricordò di un'estate bambina, la memoria tornò in effluvi di profumi assieme alle note di una canzone da luna park.
Anche lei possedeva un sorriso di bambina prima che la vita arrivasse, anche troppo presto, a prendersi il conto a suon di graffi e lacrime.

EVA: Vivo in un monolocale in affitto, adesso, a duecentocinquanta euro al mese. Non è tanto, lo posso pagare.
Faccio la cameriera al ristorante sei giorni su sette. Non pagano molto ma con le mance riesco a campare. Mi sposto in corriera, vivo l'esistenza da pendolare stanca nelle sere illuminate dai lampioni della Statale.

VFC: Si tuffò. Il contatto con l'acqua le diede i brividi finché non si acclimatò.
Si lasciò scivolare nella massa liquida, il mare sembrò accoglierla.

EVA: L'unico giorno di riposo lo passo al mare. D'inverno siedo al bar sul pontile, prendo un caffè e rimango fino a che non arriva il tramonto. Quando la scia rosso fuoco lascia il posto alla sera, rientro. In pizzeria, nella piazza sotto casa, ordino un calzone ripieno e lo mangio tra le mura domestiche, da sola, davanti alla tivvù.

...A qualcuno può sembrare poco ma non lo è. Questi sono invece i miei piccoli attimi felici, di una vita tranquilla che credevo impossibile per una come me, che non ha mai avuto niente.

VFC: Eva riemerse dall'acqua con gli occhi chiusi e fili d'acqua impigliati fra le ciglia.

EVA: Qui la gente è gentile: mi vede diversa. Io diversa lo sono davvero, da quando ho iniziato a credere in me. Anche se stanca, sono felice. E non mi sono mai sentita così libera.

VFC: Eva raccolse con la lingua il sale sulle

labbra. Era forse quello il sapore della felicità?

EVA: D'estate lascio i ricordi belli stesi al sole ad asciugare; quelli brutti sono le onde a portarseli via.
Tra mormorio di risacca e sabbia rilucente di sole, butto via il passato e faccio spazio al presente, riempio il cuore di piccoli istanti di pura felicità.

(Pausa. Si torna al presente)

VFC: Adesso Eva nuota, si sente leggera. Galleggia con la testa immersa nell'acqua e il corpo fermo è portato dal mare. L'orizzonte appare sfumato, terra e cielo si confondono; è in quella linea sottile che vi intravede uno squarcio di futuro. Eva lo immagina come il varco dei sogni.

(Musica)

EVA: Raccolgo piccoli istanti di gioia, spicchi di vento, profumi di speranza.

Il vento mi sussurra storie lontane, io a lui racconto qualcosa di me.

Di vita nuova strappata al destino e conquistata con forza, ricucita, con cura.

Di storia di mare e di nuovo orizzonte.

(Sipario)

Nessuna è sola!

[riconoscere la violenza]

⭐ *Il presente testo è stato scritto per l'evento live contro la violenza di genere rappresentato a Nepi (Viterbo) l'8 marzo 2024, allo scopo di informare e sensibilizzare sui campanelli d'allarme indicativi di una relazione a rischio.*

SCENA UNICA

[Atto unico con tre personaggi]

(La scena si svolge con una lettrice in scena e due Voci fuori campo.
La spiegazione delle dinamiche è affidata alla lettrice.
Le parti in corsivo, invece, vengono pronunciate, alternandosi, dalle VFC)

Riconoscere la violenza.
Il più delle volte le violenze sono domestiche, cioè avvengono nell'ambito di una relazione affettiva, dunque per mano di partner, ex partner o famigliari.
Quando non viene uccisa, la vittima subisce pesanti abusi psicologici che la portano a vivere ogni giorno con la paura e lo stress di un continuo

attacco, vessazioni ed esplosioni di violenza.

E lei si spegne ogni giorno di più, in una lenta agonia quotidiana.

(Pausa)

Le violenze si esplicano con una spirale in crescendo di comportamenti vessatori legati agli equilibri di potere, in quanto è l'uomo a voler imporre regole. E la donna deve adeguarsi.

Spesso, lui, arriva anche a colpevolizzarla, se lei agisce in autonomia.

Le parole d'ordine sono: gelosia, manipolazione, controllo, minacce, isolamento, annientamento dell'altrui personalità, aggressività.

(Pausa)

L'attenzione morbosa viene fatta passare come una forma d'amore.

- *Sono innamorato di te e ho timore di perderti.*
- *Non voglio che gli altri ti guardino!*
- *Sei solo mia!*

(Pausa)

Il passaggio al controllo è breve e, per la maggior parte dei casi, avviene in modo graduale in modo che la vittima non ne sia consapevole. E poi, piano piano aumenta, fino ad arrivare all'ingerenza totale su tutte le questioni che riguardano la sua vita.

- *Lui, pretende da te l'obbedienza, avere posizione di comando in famiglia.*
- *Lui ti critica sempre arrivando a dirti cosa devi fare.*
- *Lui prende da solo le grandi decisioni, in più dice bugie, ti sottrae informazioni, ti inganna al solo scopo di impedirti di*

decidere.

Con gelosia morbosa lui arriva a vietarle di uscire con gli amici, di vestirsi come vuole o di truccarsi, di andare fare commissioni in libertà.

- *Lui, è estremamente geloso, ti rinfaccia le tue storie trascorse, ti dice dove puoi o non puoi andare, ti controlla in pubblico.*
- *Lui ti accusa di essere una "donnaccia", pronta a tradirlo, di divertirti alle sue spalle, ti taccia come una poco di buono.*

(Pausa)

Il controllo può estendersi anche sotto l'aspetto economico e finanziario.

- *Lui, minaccia di negarti il denaro.*
- *Ti sottrae la carta di credito.*
- *Lui prende in consegna quanto guadagni.*

- *Gestisce lui le spese.*
- *Utilizza i tuoi soldi.*
- *Ti nega il denaro oppure si appropria del tuo, di denaro!*

(Pausa)

Spesso il maltrattante adopera una vera manipolazione psicologica. Infierisce sulla compagna con accuse o invettive. La mette in crisi con continue critiche negative sull'aspetto, sulla sessualità, sul carattere, sul suo ruolo di donna, mamma, lavoratrice, moglie. Le dice che non vale nulla e che non troverà mai nessuno oltre a lui, perché non merita nulla. Ciò allo scopo di distruggere le sue sicurezze e l'autostima.

La vittima, così, si ritrova in uno stato di crisi identitaria profonda che finisce per minare pensieri, sicurezze, la capacità di valutazione, l'indipendenza di pensiero.

- *Lui, ti interrompe sempre quando parli o cambia argomento o non ti ascolta o non ti risponde, oppure rigira il senso delle tue parole.*
- *Lui ti ingiuria, ti schernisce, ti fa oggetto di ironia pesante nel privato o davanti ad altra gente.*
- *Lui ti rivolge gesti umilianti, ti dimostra biasimo.*
- *Lui ha atteggiamenti che ti fanno vergognare.*

(Pausa)

L'isolamento è la tattica utilizzata per diventare l'unico perno attorno al quale ruota la vita della vittima. Questo inizia con critiche verso i famigliari della donna, prima velate poi esplicite; a cui si sommano altrettante critiche su di lei davanti ai parenti. Ciò al fine di causare gravi litigi e rotture con i famigliari, così da impedire alla vittima la relazione con i suoi cari.

- *Lui, prova ad allontanarti dalla tua famiglia e dagli affetti.*
- *Lui, manipola i bambini contro di te o le persone a te più vicine, dice che menti.*
- *Lui, mistifica le tue parole, dice che le tue amiche o i tuoi parenti ti sobillano.*
- *Lui dice che gli altri ti fanno il "lavaggio del cervello" perché invidiosi di te, ti allontana da loro.*
- *Instilla il dubbio che sia solo lui la persona di cui fidarsi.*

Il condizionamento nelle relazioni famigliari diventa così forte che la vittima, fin troppo spesso, si allontana da tutti per ritrovarsi da sola ad affrontare il suo dramma quotidiano.

Non avendo più punti di riferimento, non sapendo più a chi chiedere aiuto, il potere dell'uomo su di lei sarà assoluto.

(Pausa)

L'aggressività è il mezzo con il quale l'uomo ottiene potere, anche nell'intimità. Così la sfera sessuale diventa il terreno per compiere ulteriori violenze, agendo pressioni psicologiche atte a denigrare e togliere autostima.

- *Lui non è tenero, prende solo quando vuole.*
- *Lui usa la sessualità per punirti o denigrarti.*
- *Lui ti impone comportamenti sessuali che poi arriva a disprezzare e per i quali, poi, ti allontana e ti condanna.*
- *Lui usa la forza, la violenza o la coercizione per ottenere sesso o servizi sessuali specifici.*

L'aggressività si manifesta nel criticare, nell'imporsi, nel controllare, nel negare. Tutto questo, prima o poi, sfocia in mera violenza.

- *Lui, ti intimidisce verbalmente, urla contro di te o contro i figli, ti lancia invettive, usa parole forti.*
- *Lui, se non vive con te, ti telefona anche se tu gli hai detto che non vuoi sentirlo.*
- *Lui rifiuta di andarsene quanto tu glielo chiedi o, al contrario, proclama di poterti mandar via di casa, se solo lo vuole.*
- *Lui ha reazioni violente, lancia cose, rompe cose, fa gesti minacciosi verso di te o verso le persone che ami.*
- *Lui diventa aggressivo e minaccia di far male a te o ai tuoi bambini.*
- *Lui ostenta la sua forza fisica per intimidirti, si mette di fronte alla porta della stanza o di casa durante le discussioni per farti capire che non puoi sfuggirli.*
- *Lui ha armi che minaccia di usare contro*

te o verso chi ami e ti terrorizza con le sue minacce.

(Pausa)

Alla base c'è l'imposizione del proprio volere e il non rispetto dell'altrui individualità. La donna è considerata un oggetto da possedere, non ha sentimenti o pensieri propri e, se li ha, lui non li riconosce.

- *A lui non interessa quello che hai da dire. Non interessano i tuoi sentimenti o le tue difficoltà che, comunque, riconduce sempre a una tua colpa.*
- *Lui non apprezza nulla di ciò che fai perché non è mai abbastanza, mai fatto come lui vorrebbe.*
- *Lui, non esprime sentimenti, non ti dà sostegno e attenzione, prende alla leggera il suo comportamento, non prende mai sul*

serio il disagio che tu gli esprimi.
- *Lui, non mantiene le promesse, non rispetta gli accordi, rifiuta di aiutarti nelle faccende di casa e nella cura dei bambini, non si prende responsabilità anzi, le scarica su di te usando le accuse e scatenando i tuoi sensi di inadeguatezza e di colpa.*
- *Lui, dice che nella vostra coppia l'abuso non esiste o, se c'è, è colpa tua.*
- *Lui sostiene che è sempre colpa tua, anche dei suoi stessi comportamenti, che deresponsabilizza perché – dice – sei tu che li hai scatenati.*

(Pausa)

L'escalation del controllo e della violenza appare chiara appena mettiamo in fila i segnali della relazione abusante. Una violenza che può diventare tragedia in un attimo: perché, infatti, la maggior parte dei femminicidi avviene proprio in ambito di una relazione affettiva e spesso per mano del partner o dell'ex partner.

E, poiché il problema alla base di questo tipo di violenza è la difficoltà di concepire e realizzare una relazione paritetica basata sul rispetto, ogni mancanza di attenzione, ogni rifiuto di cambiare modalità del rapporto deve spingere la donna a decidere di allontanarsene prima che sia troppo tardi. Per questo è fondamentale comprendere e riconoscere le dinamiche abusanti all'interno della propria relazione: si è infatti ancora in tempo per salvarsi la vita!

(Pausa)

Per chiedere aiuto e sottrarsi alla spirale di violenza c'è il numero verde nazionale 1522: la rete dei centri antiviolenza offre primo aiuto, case protette dove trovare rifugio assieme ai propri figli, psicologi e avvocati a cui far riferimento.

- *Nessuna è sola! Non sei sola!*
- *Chiedi aiuto. Fatti aiutare a salvarti la vita!*

(Musica. Buio. Sipario)

Poesie

Alcune di queste poesie hanno partecipato al concorso «La pelle non dimentica» indetto nell'anno 2016 da Le Mezzelane casa editrice e sono state selezionate, fra quelle per la pubblicazione, nell'omonima antologia.

Per ognuna di noi

Questi uomini...
incolpano le donne per le loro fragilità
salvo poi ammazzarle senza pietà.
Un orrore senza fine che ogni giorno
toglie al mondo una di noi.
Donne uccise in nome di un amore
che amore non è,
vittime di una malata idea di possesso.

Salviamole, sottraendole alla violenza
di questi maschi incapaci, violenti, meschini.
Spezziamo le catene e le culture
tramandando pensieri d'amore,
insegnando vero rispetto.

Per tutte quelle di noi che non ci sono più,
lottiamo, cambiamo, pretendiamo interventi.
Non dimentichiamole,
non dimentichiamole mai.
Con i loro sorrisi e le paure
i sogni e le illusioni, gli errori e i rimpianti.

Per tutti quegli sguardi che chiedevano amore
e ora invocano giustizia.

Donne in cammino

Quando le spezzate il presente,
sgretolando i suoi progetti...
Quando la umiliate,
costringendola ad abbassar la testa...
Quando la abusate,
forti della vostra violenza...
Quando la zittite,
perché urta le consuetudini...
Quando decidete per lei,
secondo usanze concordate...

Quando non le riconoscete
pari diritti e pari dignità,
perché, in fondo,
è meglio per voi non darle voce...
Quando la giudicate per il taglio di capelli
o per una gonna troppo corta...
Quando la uccidete,
travolti dalla vostra debolezza...

In quel momento
non state facendo male a una sola donna,
ma ferite ognuna di noi.
Una frattura profonda
nell'anima collettiva dell'universo femminile
che brucerà per sempre.

Sappiate però che per ognuna di queste donne
che soffocate, nel respiro nell'anima e nei sogni,
ce ne saranno altre cento a darle voce!
E con coraggio,
ciò che prima era un brusio sommesso
diventerà coro potente,
che alto si leverà a vostra condanna.

A condannare voi,
uomini incapaci di amare d'amore vero,
capaci solo di ragionare di possesso.

La strada per la salvezza

Avanzerai
con dolorosa lentezza
eppure
pietra dopo pietra
il tuo sentiero traccerai.

E ogni passo
sarà una nuova certezza,
costruzione
di un nuovo presente.

Non dubitare!
Credici, procedi!

La volta che dubiterai,
ti basterà voltarti
e guardare il percorso compiuto
per capire che
i piccoli passi
han riempito la tua strada.

Quella nuova,
fatta di futuro conquistato.

Sorellanza come forza

C'è una forza
che solo le donne riescono a dare ad altre donne.

È forza quasi rara
ma esiste davvero.

È energia calda, accogliente,
conosciuta.
Un legame
che sembra esserci da sempre
quando si rivela.

È la sorellanza, quella buona.
Quella potente, che aiuta.

L'Autrice

Loriana Lucciarini spazia tra romance, fantasy, favole, approfondimento sociale, mainstream, teatro e poesia, oltre a firmare articoli per le testate web de "Gli Scrittori della porta accanto", "Letteratura e Cultura al femminile" e "Protagonista Donna".

Negli anni ha pubblicato oltre venti titoli con numerose case editrici, tra le quali: Arpeggio Libero, Le Mezzelane, Delos Digital, Babilonia Edizioni, Villaggio Maori, Pub.Me, Bertoni Editore, Meta Edizioni.

Le sue ultime produzioni letterarie, il monologo teatrale *Caravaggio*, il racconto storico sulle violenze nella ex Jugoslavia durante la guerra dal titolo *Non sul mio corpo,* il lavoro di non-fiction *Il Pennello che cura*, il crime deduttivo *Il Sussurro del Lago*, i contemporary romance second chance *Sotto il cielo di Londra* e *Ritrovarsi a Dublino*, il romanzo di avventura fantasy per ragazzi *Una fantastica caccia al tesoro,* l'antologia di racconti *di stelle al bar Zodiak*, sono uscite con logo a marchio indie.

La collaborazione con editori, al contempo, rimane per i temi di approfondimento sociale come *Doppio carico, storie di operaie* (Villaggio Maori), *Via Argine 310, Whirlpool Napoli storia di una lotta* (Meta Edizioni) e *Ti aspetto a casa, il dramma delle morti bianche* (Villaggio Maori).

Contatti:

Mail: lorianalucciarini11@gmail.com
Fb: https://www.facebook.com/LorianaLucciarini1968/
Ig: https://www.instagram.com/loriana.lucciarini/
Amazon: https://www.amazon.com/stores/author/B08BTQ9RVP

Nello store online potrete acquistare i romanzi e riceverli con dedica ed esclusivi gadget... fateci un salto!
https://lorianalucciarini.sumup.link/

Per sapere di più inquadrate il Qr-Code

Per chiedere aiuto e sottrarsi alla spirale di violenza c'è il numero verde nazionale

1522

La rete dei centri antiviolenza offre primo aiuto, case protette dove trovare rifugio assieme ai propri figli,
psicologi e avvocati a cui far riferimento.

Nessuna è sola, chiedi aiuto!

*Se questo titolo ti è piaciuto
lascia una recensione su Amazon.
Basta un breve pensiero o un commento
per darmi un feedback utile al mio lavoro.
Grazie!*